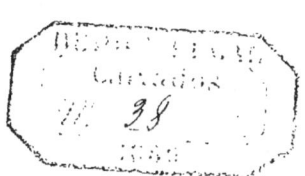

BAYEUX ET SES ENVIRONS

BAYEUX
ET SES ENVIRONS

PAR

ROBERT CENEAU

CHANOINE DE BAYEUX , ÉVÊQUE D'AVRANCHES

TRADUIT DU LATIN ET ANNOTÉ

PAR

F. DE BARGHON FORT-RION

MEMBRE DE L'INSTITUT HISTORIQUE DE FRANCE , INSPECTEUR DE LA
SOCIÉTÉ FRANÇAISE POUR LA CONSERVATION DES MONUMENTS, ETC,

Édition ornée de Vignettes

CAEN   PARIS

LEGOST-CLÉRISSE   MAILLET-SCHMIT , éditeur
rue Ecuyère , 36   rue Tronchet, 15

1860

CAEN, IMP. B. DE LAPORTE.

NOTICE

ROBERT CENEAU

(ROB. CENALIS)

Robert Cenalis, en français Ceneau, docteur en Sorbonne, chanoine de Bayeux, naquit à Paris à la fin du XVe siècle. Le zèle qu'il avait montré contre les nouvelles doctrines qui commençaient à se répandre dans le royaume lui avaient attiré la protection de François Ier, qui le nomma évêque de Vence, en 1523, puis de Riez, et enfin d'Avranches en 1532.

Les ouvrages qu'il a publiés et qui lui méritèrent, de son temps, une grande réputation, sont remarquables par l'érudition qui y brille. On a de lui plusieurs ouvrages dont nous citerons les principaux : 1° *Historia gallica*, Paris, 1557 et 1581, in-f°, sur l'origine et les aventures des Gaulois, des Français et des Bourguignons. Il adopte malheureusement sans examen toutes les rêveries débitées jusqu'à lui sur Francus, la fondation de Paris, etc.; 2° *Tractatus de utriusque gladii facultate usuque legitimo*, Paris, 1546, in-12; Leyde, 1558. Il y établit les droits des deux puissances, la spirituelle et la temporelle, et réfute un auteur anglais qui ôtait à l'Eglise toute sa juridic--

tion ; 3° *Pro tuendo sacro cælibatu*, Paris, 1545 ; 4° *Traductio larvæ sycophanticæ, petulantissimæque impietatis calvinicæ*, Paris, 1556, in-8°. Un écrivain du parti réformé répliqua à cette satire par une brochure intitulée : *Censura facultatis theolog. Parisiensis.* Ce titre, dit la *Biographie universelle*, a induit Dupin en erreur ; persuadé que Ceneau avait réellement encouru les censures de la Sorbonne, il ajoute qu'il s'y soumit sans difficulté. On voit par là que Dupin ne connaissait point le livre dont il s'agit ; 5° *Methodus de compescenda hæreticorum ferocia*, Paris, 1557, in-8°.

On a encore de Ceneau plusieurs *Traités de controverses* et les *Statuts synodiaux du diocèse de Riez*.

Robert Ceneau mourut à Paris le 27 avril 1560, et fut inhumé dans l'église de Saint-Paul, où l'on voyait son tombeau. Gessner, Simler et Duverdier le nomment mal à-propos Senalis ; et, par un jeu burlesque, de mauvais plaisants l'ont quelquefois désigné sous le nom de Soupier.

La traduction que nous donnons est extraite de l'*Histoire des Gaulois* de Robert Ceneau.

BAYEUX

ET SES ENVIRONS.

—————⋙◦⋘—————

Avant de parler de ce qui concerne Bayeux, il ne
sera pas hors de propos de décrire l'heureuse issue
de la bataille de Formigny.

Entre Coutances et Bayeux et à peu de distance
d'un endroit appelé Trévières, est le village de Formigny où les Français et les Anglais se livrèrent un
combat terrible près du gué et du petit pont jeté sur
le ruisseau. La victoire se déclara pour les Français.
Trois mille sept cent soixante-quatorze Anglais res-
tèrent sur le champ de bataille; un grand nombre
de leurs chefs furent faits prisonniers, tandis que,
du côté des Français, il n'y eut que six hommes de
tués, bien que leur armée fût moins forte de trois
mille hommes. Le ciel le voulait ainsi, et il en ré-
sulta que les villes voisines tombèrent immédiatement au pouvoir des Français. Au nombre de ces

villes furent : Vire, Avranches, la Roche-Tombe-
laine et Bayeux, qui, ayant traité avec l'Anglais, se
rangea de bon cœur sous le drapeau de la France,
entraînant avec elle Bricquebec et Valognes.

Il restait à prendre le château de Caen, dont
l'enceinte est aussi vaste que celle de Corbeil-sur-
Seine. Mais cette place, très-bien fortifiée, possédait
des sources abondantes, et ses murailles larges et
solides étaient fondées sur le rocher. Elle capitula et
tomba au pouvoir des Français le 1er juin 1450.

Peu de temps après, la Normandie tout entière
se soumit également; Cherbourg fut repris enfin et
les Anglais se retirèrent. A partir de cette époque,
leur prospérité alla toujours en déclinant, si bien
qu'ils cessèrent d'attaquer la malheureuse France
qu'ils avaient presque détruite, quoique tour à tour
les uns et les autres eussent été vainqueurs et que les
succès eussent été partagés. Il arriva en fin de compte
que les Français, bien que plusieurs fois repoussés,
parvinrent à expulser entièrement les Anglais de
leur territoire.

La fortune, qui avait tourné contre les Français
à Vernon, je l'avoue, puis à Saint-James, et qui ne
leur avait pas été plus favorable à Genville-en-
Beauce et dans le Beauvoisis, leur donna gain de
cause à Patay, à Lagny-sur-Marne et dans plusieurs

autres lieux, nommément au Mont-Saint-Michel, à
Ambrière, dans le Châlonnais, à Gerbert et à Saint-
Denis. A toutes ces victoires se joignit, comme nous
l'avons dit plus haut, la célèbre victoire de For-
migny-en-Bessin où, avec une perte insignifiante de

VUE DE LA CHAPELLE DE FORMIGNY.

la part des nôtres, nous taillâmes en pièces plusieurs
milliers d'ennemis. (Voir pièces justificatives, n° 1.)

Cette défaite abattit tellement la force des Anglais, en donnant le repos à la France, que depuis aucun d'eux n'osa reparaître sur son territoire. Bien que les Français eussent éprouvé plus d'un échec, ils ne purent être anéantis par les Anglais. Il n'en fut pas de même pour eux, car nous lisons qu'ils furent tellement épuisés par cette guerre, tellement ruinés de fond en comble, que toute leur jeunesse fut détruite et qu'il ne leur resta plus un homme pour guerroyer. . . . .

. . . .

. . . .

Bayeux est la principale cité du Bessin et elle a été grandement illustrée jusqu'à nos jours (1553); elle compte quarante-neuf évêques, on pourrait même dire cinquante, en nommant Leudoald, mentionné par Grégoire-de-Tours, et en y comprenant un autre en dehors du catalogue, Bernardin, cité par Polydore d'Urbin et Guillaume-de-Tyr.

Entre ces prélats, onze dont voici les noms ont été mis au nombre des Saints :

Exupère, apôtre de toute la province, disciple de saint Clément; Regnobert, comte et évêque de Bayeux; Rufinien; saint Loup, municipe de la même cité; Manvieu, qui en était aussi originaire et qui avait été moine dans ses premières années;

Patrice, natif aussi du pays; Contest, neustrien d'origine, vulgairement appelé saint Contest, Vigor (1) d'Arras, Gerbold, d'extraction étrangère; Frambold et Gertrand, célèbres par leur réputation de sainteté.

Saint Exupère exerça les fonctions épiscopales dans la quatre-vingt-quatorzième année de l'Incarnation, et il eut pour collègue saint Révérend. Dans une église qu'il fit construire en l'honneur de saint Jean, il éleva un baptistère en marbre d'un travail remarquable. Sur le lieu appelé jadis le mont *Famelique* et depuis le mont Chrismal, il éleva une statue à la Vierge, à la protection de laquelle les habitants ont confié la tutelle de leur ville avec une foi si vive qu'ils sont convaincus que leur cité, ainsi protégée, ne tombera jamais sous les coups de l'en-

(1) Le prieuré de Saint-Vigor-le-Grand, dit l'abbé Béziers, tire son origine de saint Vigor, qui siégeait à Bayeux dans le vi^e siècle. Il fut fondé sous l'invocation de saint Pierre, et élevé sur les ruines du fameux temple des Druides. C'est une tradition, ajoute-t-il, que ce lieu fut choisi pour administrer solennellement le baptème, à Pâques et à la Pentecôte; ce qui lui fit donner le nom de mont Chrismal ou mont *Phaunus* que portait auparavant le monticule où il est situé.

On voit dans l'église de très-anciens fonts baptismaux qu'on croit avoir servi à cette solennité.

On conserve dans la sacristie de l'église de Saint-Vigor, un siége en marbre de Vieux, dans lequel les évêques de Bayeux venaient s'asseoir avant de prendre possession de leur évêché, et qui, selon l'opinion de quelques personnes, remonte à Odon, frère utérin de Guillaume-le-Conquérant; tandis que, selon d'autres, il serait plus ancien encore.

nemi. Une châsse précieuse, déposée dans l'église de
Bayeux, contient la tête de ce saint ; ses autres reliques, ornées d'or et de pierreries, sont gardées
dans l'église de Corbeil, avec celles de saint Loup,
évêque de Bayeux.

Regnobert augmenta (1) par des constructions nouvelles et remarquables l'église et le palais épiscopal ;
il fit aussi bâtir différentes chapelles, une en l'honneur de saint Étienne, premier martyr, l'autre à
saint Michel-Archange et d'autres encore qu'il serait
inutile d'énumérer ici. Gaguin, dans son *Histoire
de Charles VII*, cite la grande vénération que
les habitants de Bayeux avaient pour saint Regnobert.

On voit encore, de nos jours, les constructions
de quatre églises élevées par saint Vigor sur le
mont Chrismal : la première, en l'honneur de
tous les Saints, qu'on appelle maintenant Saint-
Floxel ; la seconde, sous le vocable de Sainte-
Croix ; la troisième, dédiée à saint Révérend,

(1) Saint Regnobert, second évêque de Bayeux, est nommé dans
quelques anciens manuscrits Renobert, et dans d'autres Reginobert et
même Ragnobert.

Quelques-uns même trompés par la similitude du nom, l'ont confondu
avec Ragnebert, douzième évêque de Bayeux. Son père, dit Herment,
était un des plus considérables seigneurs du Bessin : d'autres assurent qu'il
était chef de la ville de Bayeux et qu'il y commandait sous l'autorité des
empereurs romains.

et la quatrième, en l'honneur de sainte Marie égyptienne (1).

Là se trouve aussi le champ que fit fleurir saint Gerbold au milieu de l'hiver et la pierre sur laquelle il navigua, appelés vulgairement le perron Saint-Gerbold.

On y voit encore actuellement la rue par laquelle il fit son entrée, appelée rue Bienvenue.

Outre les hommes que nous venons de mentionner, la ville de Bayeux en a produit d'autres qui se sont fait remarquer par leur sainteté, parmi lesquels on compte saint Marcouf, célèbre par l'excellence de ses mœurs, par la noblesse de son origine et par ses grandes vertus, et qui, quoique petit de taille, était animé par un grand cœur. Ce fut lui qui obtint de Childebert, roi de France, une place dans le territoire de Coutances pour y bâtir un monastère qu'on appelle Nanteuil.

(1) Notre-Dame-des-Fossés, ou de La Capelette, dit Beziers, était une des églises dont l'origine est attribuée à saint Regnobert. Surnommée des Fossés par sa situation sur le bord des fossés du château, et de La Capelette par rapport à sa petitesse, elle fut abattue, en 1562, non par les protestants, comme le dit Herment, mais par le gouverneur et les officiers de la ville, de peur de nuire à la défense du château menacé par les religionnaires. Son office, transféré en l'église de Saint-Nicolas-des-Courtils, peu éloignée de là, fut réuni à Saint-Sauveur par décret de l'Ordinaire, le 13 novembre 1713, avec le consentement de M. Suhard, seigneur de la Conseillère, présentateur de cette cure, et de M. le haut-doyen de Bayeux.

Il y eut aussi un autre homme du temps de saint Vigor qui laissa à la postérité le regret et l'admiration de ses vertus, ce fut saint Évroult (1), noble homme, qui, renonçant aux honneurs de la cour, vint chercher les contemplations de la solitude dans la forêt d'Ouche, près d'Hyèmes, non loin d'une lagune formée par des sources limpides, la douzième année du règne de Childebert. Il y eut encore quelques hommes distingués par leur sainteté.

Saint Godefroy (2), d'origine bayeusaine, moine de Cerisy, qui fut abbé de Savigny dans le pays d'Avranches. L'église qui lui est consacrée est adhérente aux murs de la ville, et la maison où il naquit s'appelle encore la maison de Saint-Godefroy.

(1) Saint Évroult mourut au monastère d'Ouche, le 29 décembre 596, à l'âge de 80 ans, sous le règne de Clotaire II. M. Du Saussey dit dans son *Martyrologue : Bajocis sub secundo Lugdunensi, deposito sancti Evronis abbatis, qui Childeberto magno regnante fulgens omnis gratiæ dono extitit.*

Il y avait (dit M. de Caumont, dans la *Statistique du Calvados*), dès le VIe siècle, un monastère à Deux-Jumeaux ; saint Évroult s'y fit moine et alla fonder, dans le pays d'Ouche, diocèse de Lisieux, le monastère qui a pris son nom.

Le monastère de Deux-Jumeaux fut ruiné par les Normands. Longtemps après, dans le XIIe siècle, Robert de Villiers le donna dans l'état où il se trouvait avec ses dépendances, à l'abbaye de Cerisy.

(2) Saint Geoffroy ou Godefroy naquit à Bayeux, à la fin du XIe siècle, dans une maison située près du château de cette ville. Cette maison a subsisté longtemps; mais il n'en restait plus aucun vestige en 1705, au dire d'Herment. Il y avait aussi, ajoute cet historien, dans le faubourg Saint-Jean, près du moulin au blé, une chapelle qui portait le nom de ce saint, qu'on a depuis appelée la chapelle Saint-Louis.

Il y eut aussi saint Spase (1), né dans les faubourgs de la même ville, réputé martyr ; on célèbre sa fête le quatrième jour des ides de novembre et son église existe auprès des Andelys-sur-Seine .

Odon, évêque de Bayeux, frère de Guillaume-le-Bâtard par sa mère, épouse d'Herloin, bourgeois de Falaise, augmenta beaucoup les constructions de l'église principale. Il éleva à la partie nord une tour admirable qu'il enrichit d'une châsse ornée d'or et de pierres précieuses, dans laquelle il fit déposer les reliques de saint Rasiphe et de saint Ravenne (vulgairement appelé saint Ravent), et, de plus, il fit construire aussi plusieurs autres petites églises qu'il combla de riches ornements (2).

(1) Ce saint, qu'il ne faut pas confondre avec saint Aspais, évêque et patron de la ville de Melun, naquit à Bayeux, au ive siècle, dans la maison dite des Poitevins, située au faubourg Saint-Patrice. Ses parents, qui professaient la religion chrétienne, eurent soin de l'élever pieusement, et il se destina au sacerdoce. Quoique les chrétiens fussent exposés à de rudes persécutions sous le règne de Julien l'Apostat, saint Spase s'achemina vers les Andelys pour prêcher l'Evangile ; il exhorta ses frères à souffrir patiemment pour la gloire de Dieu.

En poursuivant sa tâche sainte, il fut découvert et saisi par les soldats de l'empereur, qui, ne pouvant ni par leurs menaces, ni par leurs promesses l'ébranler dans sa foi, le livrèrent au bourreau qui lui fit subir le martyre, vers l'an 363.

(2) En 1562, les huguenots enlevèrent à Bayeux la châsse qui contenait les reliques de saint Rasiphe et de saint Ravent, et l'emportèrent avec d'autres au château de Caen où ils se partagèrent toutes ces richesses après avoir profané les reliques. (Voyez De Bras, 178 ; Herment, 27.) Par un semblable effet de sa magnificence, Odon avait donné à la cathédrale une couronne de bois couverte de lames d'argent haute de

Excité par son exemple, Guillaume, son frère, assura à perpétuité à l'église de Bayeux le revenu du territoire de Gauvray, et Richard, fils de Samson, successeur temporaire d'Odon, affecta à la mense épiscopale la baronnie de Douvres qu'il tenait de ses pères. Ce même Richard donna en outre à l'église de Bayeux l'église d'Isigny.

A leur exemple, Philippe d'Harcourt (1) fit passer dans le Val-Richer des religieux de l'ordre de Saint-Bernard, établis auparavant dans les déserts de Souleuvre, du vivant même de saint Bernard. Son église ayant été détruite par un incendie, on rapporte qu'il la fit rétablir à grands frais, qu'il augmenta la bibliothèque de cent quarante volumes, dans l'espérance où il était d'y venir bientôt prendre l'habit monastique.

16 pieds, qui remplissait toute la largeur de la nef de l'église, ornée de plusieurs couronnes en façon de tours, sur lesquelles on avait mis des pointes de fer pour tenir des cierges qu'on allumait dans les grandes cérémonies. Il y avait aussi quarante-sept vers latins, dit l'abbé Beziers, gravés tout autour à la louange de l'Eglise. Les calvinistes la détruisirent en 1562. Raoul Tortaire, dans le récit de son voyage à Bayeux, au xie siècle, décrit la couronne, dont l'abbé Laffetay a rétabli depuis peu l'inscription conservée en partie sur le manuscrit de Nicolas Oresme.

(1) A son retour de Rome, dit Herment, il (Richard d'Harcourt) fonda, l'an 1145, ou, selon d'autres, l'an 1147, avec Simon de Bosville, l'abbaye du Val-Richer, de l'ordre de Citeaux, au diocèse de Bayeux, qui avait d'abord été établie par les soins de saint Bernard, entre Vire et Thorigny, dans un lieu fort ingrat et fort stérile, et qui fut transférée ou plutôt fondée de nouveau au lieu où elle est maintenant. *Histoire du diocèse de Bayeux*, 171.

L'Aure traverse la cité de Bayeux. Cette rivière, qui prend sa source non loin de Caumont, arrose Vaucelles avec la Drôme à laquelle elle se réunit près de là, vers le mont Cauvain ; puis ces deux rivières, aux environs du coteau où est bâti le château des Thermes et celui de Maisons, se perdent dans un gouffre qu'on appelle la *Fosse du Soucy*, et se rendent ensuite dans la mer par des voies souterraines.

Il y a encore deux autres ruisseaux qui, sortis du mont de Lanchre, ont leur confluent à Feuguerolles et forment la rivière de la Seulles, qui se jette dans la mer, près de Courseulles, après un cours de seize milles.

On voit encore aux environs de Bayeux le château d'Argouges, illustré par le fait d'armes d'un de ses seigneurs. Ayant été provoqué en combat singulier par un géant danois, nommé Brunus, et voyant que dans toute l'armée personne n'osait courir les risques de cette lutte, celui-ci n'hésite pas à attaquer à armes égales l'ennemi provocateur et lui transperce la gorge d'un premier coup de lance. Néanmoins, ce vaillant seigneur d'Argouges encourut la colère de son souverain, qui l'accusa d'avoir commis un meurtre et le persécuta tellement qu'il se

2

VUE DU CHATEAU DE MAISONS.

vit contraint de fuir dans une contrée lointaine,
nommée la Pouille, et labourer, tant est vrai ce

VUE DU CHATEAU D'ARGOUGES.

qu'on dit que la richesse n'exclut pas l'adversité.
Mais là, s'étant illustré de nouveau par sa valeur

militaire, il laissa à la postérité une glorieuse mémoire (1).

Revenons à notre sujet : Rollon, s'étant emparé de Rouen, réduisit aussi sous sa domination la ville de Bayeux, qui n'était défendue par aucunes forces militaires. Ce chef aima une jeune fille, nommée Pope, fille de l'illustre Bérenger et l'épousa à la manière des Danois (*Danico more*). De cette union naquirent Guillaume, héritier de Rollon et une fille, nommée Gerlog : pour ce qui est de Pope (2), il la répudia, puis

---

(1) Rollon fit voile vers Bayeux en toute hâte. S'étant emparé de cette ville, il la détruisit en partie et massacra ses habitants. Il prit aussi dans cette ville une très-noble jeune fille, nommée Pope, fille de Bérenger, homme illustre. Peu de temps après il s'unit avec elle, *à la manière des Danois*, et il eut d'elle son fils Guillaume et une fille très-belle nommée Gerlog.

Cette ville étant ainsi à peu près détruite, Rollon retourna en toute hâte vers Paris.—Du Molin, p. 285.

Voir pour plus amples détails, *la Belle Pope*, étude historique par M. F. de BARGHON FORT-RION, 1857.

(1) A l'époque où Henri Ier, roi d'Angleterre, vint assiéger Bayeux, 1106, un chevalier allemand, d'une taille colossale, nommé Brun, au service du roi Henri, proposa un défi aux guerriers bayeusains ; Robert d'Argouges l'accepta, et un combat singulier eut lieu à Saint-Georges, sur l'emplacement où depuis fut bâti un couvent de capucins. Robert d'Argouges fut d'abord frappé rudement par son adversaire et chancela sur son cheval ; mais il reprit bientôt l'offensive, et tua Brun d'un coup de lance.

Henri voulut venger la mort du chevalier ; il poussa vigoureusement le siége et mit le feu à la ville. Les maisons étaient bâties en bois, et l'incendie, favorisé par un vent impétueux, fit des ravages effrayants.

Lors d'Argouges vainqueur, dit du Moulin, pour éviter la fureur de Henry, qu'il cognoissoit depuis longtemps, se retira en Pouille, où il donna des preuves de son courage.

la reprit plus tard, si l'on en croit Guillaume de Jumiéges. Et pour ce qui est de Gerlog, toujours d'après
le témoignage du même auteur, elle fut mariée à
Guillaume, comte de Poitiers, qui avait ardemment
sollicité sa main.

Quelques années après, à la demande de cette prin-
cesse, animée d'un zèle pieux pour la religion, douze
moines des plus recommandables par leurs mœurs
et par leur discipline, furent envoyés du couvent de
St-Cyprien en Poitou, sous la conduite du cénobite
Martin, pour repeupler l'abbaye de Jumiéges, aban-
donnée depuis trente ans. (*Voir les pièces justificatives, n° 3.*)

Pendant ce temps-là, Guillaume, duc de Normandie, tenant au dessein qu'il avait depuis longtemps
formé, d'embrasser la vie monastique, était sur le
point de l'accomplir, si vaincu par les supplications
des siens, il n'eût compris clairement que Richard,
son successeur, était encore trop jeune pour prendre
en main les rênes de l'Etat. Ayant donc fait venir ce
dernier de Fécamp à Bayeux, il confia le soin de son
éducation à Bothon, chef de ses milices et le fit in-
struire dans la langue danoise, d'où vint depuis l'u-
sage de considérer Rouen comme le palais et le séjour
du souverain, et Bayeux comme la ville où le fils aîné
du duc devait être nourri et élevé pendant sa minorité.

Rollon, qui s'appela Robert depuis son baptême, combla de présents Bayeux et les églises de Rouen, d'Evreux et de St-Michel ; dans un faubourg de Rouen, il consacra de riches donations à St-Ouen et concéda aussi à St-Denis sa terre de Brenneval. Il enrichit de plus, avec une égale munificence, l'église de St-Pierre et de St-Achard.

Pour ce qui est de rappeler ici les princes issus de Gerlog, fille de Rollon et de Pope, nous n'en avons pas le loisir ; il est, je crois, plus opportun de décrire le rivage maritime de Bayeux, dans la partie qui s'étend depuis Etreham jusqu'au territoire de Coutances.

Le long de cette plage, se trouve le port de Grand-Camp, célèbre par ses pêches abondantes.

Il y a, en outre, au milieu du territoire de Bayeux, un couvent de l'Ordre des Prémontrés, qu'on appelle Ardennes. Saint-Norbert, qui avait une grande réputation de sainteté, avait reçu de toutes parts des portions de terrain dans cette contrée pour y construire des monastères. Or, ce couvent d'Ardennes est un de ceux qui avaient été donnés à saint Norbert.

Je n'oublierai pas non plus de dire que Bayeux, au temps où Henri, dernier fils de Guillaume, obtint la couronne au détriment de son frère aîné, fut misérablement ravagé et détruit par ce même Henri, peu de temps avant que Robert ne fût tombé vivant par trahison, à Tinchebray, entre les mains de Guil-laume.

Torigny est situé aux confins des comtés de Bayeux et de Coutances. Cette ville est éloignée d'environ deux milles de la Vire, qui sépare ces deux pays.

Guillaume-le-Bâtard aimait tant la ville de Bayeux, que lorsqu'il abandonna à Henri, son dernier fils, la jouissance du territoire de Coutances et de Bayeux, il se réserva particulièrement cette dernière ville, au dire de Guillaume de Jumiéges.

PIÈCES JUSTIFICATIVES.

N° 1.

Charles VII, parvenu à recouvrer une partie de son royaume, dit M. le président Pezet, dans son livre des *Barons de Creully*, comprit que le moment était venu de disputer le reste à Henri VI.

Quittant, comme dit Brantôme, la chasse et les jardins et prenant le frein aux dents, il ordonna, en août 1449, à l'un de ses plus illustres généraux, à Dunois, d'entrer en Normandie et d'en expulser le duc de Sommerset et le vieux Talbot qui y commandaient pour le roi d'Angleterre.

Chassés de la vallée de la Seine, les Anglais avaient senti la nécessité d'augmenter leurs forces dans la Basse-Normandie. Thomas Kyriel, à la tête d'un corps d'armée de 3,000 Anglais, descendit à Cherbourg. Dès son arrivée, il rallia tout ce qu'offraient de disponible les garnisons anglaises du Cotentin, et après avoir été rejoint par Robert Ver qui lui amena 600 de Caen, Mathieu Gott qui lui en amena 800 de Bayeux, et Henry de Norberg avec 400 de Vire, il marcha droit sur Bayeux. Le 14 avril 1450, il franchit les Veys au gué de St-Clément, passant sur le corps de quelques troupes françaises commandées par Pierre de Louvain, qui tentèrent vainement de l'arrêter.

Instruit de ces événements, le comte de Clermont, quittant

Carentan, suivit immédiatement Kyriel à la piste, et avertit le connétable de courir à marche forcée sur Trévières. Le mercredi 15 avril il était établi, dès la pointe du jour, sur la colline qui domine Formigny, attendant le connétable de Richemont, à la rencontre duquel il détacha vers Trévières un corps d'archers.

A la vue de la position qu'occupait le comte de Clermont, Thomas Kyriel concentra ses forces, et se retrancha dans les jardins et les vergers du village.

Sans attendre l'arrivée du connétable, le comte de Clermont engagea le combat avec vigueur. Les Anglais soutinrent vaillamment le choc, dit M. Lambert ; mais, enfoncés et rompus sur plusieurs points, ils cédèrent.

La victoire chèrement disputée passa sous nos drapeaux. Les plus beaux noms de France brillaient parmi les combattants. Tous rivalisèrent de vaillance et d'ardeur. Sur le champ de bataille, environ le soleil couchant, le jeune vainqueur qui avait noblement gagné ses éperons, fut reçu chevalier par le connétable de Richemont, son rival de gloire. Quatorze fosses furent ouvertes et reçurent 4,794 cadavres anglais, pêle-mêle avec les Français qui avaient succombé et dont le nombre, quoique peu considérable, est resté incertain.

Kyriel fut fait prisonnier ainsi que les principaux officiers. Vire, Briquebec, Valognes et St-Sauveur se soumirent. Plus tard les villes de Falaise et de Domfront furent prises. Caen attaqué par Charles VII en personne, subit un siége de quelques jours et capitula le 1er juillet.

Pour éterniser le souvenir de sa victoire, le comte de Clermont, dit M. G. Villers, en 1486, fit ériger sur le lieu même de ses exploits, et sur les bords du ruisseau dont les eaux avaient été rougies par le sang des combattants, une chapelle en l'honneur de Monsieur St-Loys, chef et protecteur de la couronne de France, ainsi que le dit l'acte de fondation.

En 1845, S. M. Louis-Philippe fit restaurer de ses deniers la chapelle de St-Louis-de-Formigny, martelée par la Révolution, et la reine Marie-Amélie donna les ornements sacerdotaux.

Dix ans avant la restauration de la chapelle de St-Louis, en 1834, M. de Caumont, avec la coopération de M. Ed. Lambert, avait érigé à ses frais la borne monumentale que l'on voit sur l'accotement droit de la route de Paris à Cherbourg, au sommet du coteau qui domine la chapelle. On lit sur la partie antérieure du monolite l'inscription suivante, gravée en lettres capitales romaines :

ICI FVT LIVRÉE

LA BATAILLE DE FORMIGNY,

LE 15 AVRIL 1450,

SOUS LE RÈGNE DE

CHARLES VII.

Les Anglais perdirent un grand nombre de leurs guerriers et furent forcés d'abandonner la Normandie dont ils étaient maîtres depuis 1417.

N° 2.

Saint Gerbold, dit Hermant, est le nom sous lequel on reconnaît ce saint pour le quatorzième évêque de Bayeux. Robert Cenalis, ajoute-t-il, dit que c'était un étranger; mais un ancien manuscrit de l'église de Bayeux auquel il semble que nous devons ajouter plus de foi, rapporte qu'il était de Livry, paroisse du doyenné de Villers.

Saint Gerbold originaire de ce diocèse, comme nous l'avons déjà dit, fut épris dans sa jeunesse de la noble passion de voyager, et après avoir parcouru une partie des provinces, il s'arrêta enfin dans la Scythie, soit que ce soit le royaume qui porte maintenant ce nom, ou quelque autre région qui, depuis.

ait été appelée d'une autre manière, ou enfin que ce soit l'Angleterre.

Quoi qu'il en soit, ayant eu entrée en ce pays-là dans la maison d'un grand seigneur, il se rendit si agréable et en même temps si nécessaire à son maître, qu'il lui donna l'intendance de tous ses biens avec la conduite de tous ses autres domestiques. Sa bonté, sa douceur et sa piété, lui attirèrent l'amitié de tout le monde : sa maîtresse même en devint charmée, et de l'estime qu'elle conçut pour lui, elle fut assez malheureuse que de passer jusqu'à l'amour, et osa bien lui en faire sa déclaration toute honteuse et toute criminelle qu'elle était.

Dans une occasion si périlleuse pour saint Gerbold, son amour pour la chasteté et la crainte d'offenser Dieu, lui firent prendre le parti de Joseph, dont Dieu récompensa la vertu d'une manière si admirable. Cette femme confuse et irritée du refus que le jeune Gerbold fit de condescendre à ses pressantes sollicitations, changea sa criminelle affection en une haine pleine de rage ; et au lieu de lui cacher son péché, et de se repentir d'avoir fait paraître le désordre de son cœur, elle fit comme si Gerbold l'eût sollicitée à commettre un crime dont il avait tant d'horreur. Elle s'en plaignit à son mari et lui demanda justice.

La crédulité du mari, qui n'avait d'autre preuve que la plainte et le témoignage de son épouse, le rendit aussi injuste que cruel; il fit mettre aussitôt l'innocent Gerbold en prison, et le supplice auquel on le condamna fut de lui attacher une grosse pierre au cou et de le jeter dans la mer. Mais Dieu, qui prend un soin tout particulier de l'innocence de ses serviteurs et qui ne manque jamais de récompenser la vertu, fit un miracle en faveur de saint Gerbold. Cette pierre toute pesante quelle était devint légère comme une planche, et porté dessus ainsi que sur un vaisseau, par un bonheur aussi rare que surprenant, il arriva sur le rivage d'un lieu nommé Ver, à trois petites lieues de Bayeux dans le temps de l'hiver.

C'est une constante et commune tradition parmi les habitants de ce pays-là, qu'on a depuis appelé ce village Ver, à cause des fleurs et de la verdure que la terre poussa lorsque saint Gerbold fut jeté sur le rivage.

(Hermant, *Hist. du Diocèse de Bayeux*, p. 77.)

N° 3.

L'abbaye de Jumiéges avait été détruite par les Danois en 840, mais il arriva que deux religieux qui, dans leur jeunesse, avaient échappé au massacre en se retirant à la prévôté d'Haspres, Baudoin et Gondouin (ainsi nommés par Guillaume de Jumiéges), quoiqu'ils fussent très-âgés, revinrent à Jumiéges. — Avec l'aide de quelques paysans des alentours, ils construisirent une petite cabane, et les voilà désormais passant leurs journées à extirper les ronces qui croissaient sur les ruines du monastère, et consacrant les heures du repos à prier.

Un jour qu'ils étaient livrés à cette pieuse occupation, ils furent tout à coup distraits par le son du cor; puis un chasseur, l'œil en feu, la poitrine haletante, tenant en main un épieu, s'avança vers eux et leur demanda brusquement s'ils avaient vu passer le sanglier. Leur réponse négative parut vivement contrarier le chasseur, qui, les regardant d'un œil courroucé, s'écria :

— Qui êtes-vous donc, vieillards, et que venez-vous faire dans cette solitude ?

— Mon frère, répondit l'un d'eux, à cette place que vous foulez, il y avait jadis une abbaye, et dans cette abbaye neuf cents religieux. Aujourd'hui il n'y a plus d'abbaye, et des neuf cents religieux, deux seulement ont survécu : c'est nous. Mais nous sommes bien vieux, demain peut-être nous ne serons plus,.

et alors il ne restera plus rien du saint monastère de Jumiéges, ni homme, ni chose.

— Que m'importe tout cela, reprit le chasseur ; c'est le sanglier qu'il me faut.

— Mon frère, répondit le vieillard, je voudrais vous mettre sur sa trace ; mais je vous répète que nous ne l'avons pas vu. Il fait chaud, entrez dans notre cabane, et partagez notre repas.

Le chasseur sourit dédaigneusement, puis il dit :

« Je suis Guillaume, duc de Normandie, votre souverain se'gneur. »

Puis ayant dit cela, il passa orgueilleusement son chemin, sans remercier les deux vieillards.

A peine arrivé dans la forêt voisine, au lieu qu'on nomme aujourd'hui *Sausimare*, il rencontra le sanglier qu'il cherchait et courut droit à lui pour le percer avec son épieu ; mais son arme s'étant rompue, l'animal se retourna soudain avec rage. C'était un sanglier monstrueux, et le duc était sans armes ; nul des siens n'était à portée de le secourir. Malgré tout son courage, il pâlit, et recommanda son âme à Dieu. Le sanglier fit un bond terrible, et, d'un coup de boutoir, il renversa Guillaume Longue-Epée sur le sol. C'en est fait du puissant duc de Normandie, le sanglier va lui déchirer les entrailles d'un seul coup de boutoir, quand soudain, ô miracle ! il semble changer de résolution et s'enfuit au plus profond de la forêt.

Lorsque le duc eut reprit ses sens, et que, sauf quelques contusions, il se retrouva sain et sauf, il bénit le ciel, ne doutant pas que son aventure ne fût un avertissement du Très-Haut qui avait voulu le punir de son orgueil envers deux pauvres religieux, il ordonna, le jour même, de réédifier à grands frais le monastère de Jumiéges.

La dédicace de l'église fut faite le 20 février 930, en présence du duc Guillaume, et elle fut mise de nouveau sous le vocable du prince des Apôtres.

Le duc envoya des députés à sa sœur Gerlog, femme de Guillaume, comte de Poitiers, lui demandant de lui donner des moines pour recommencer la sainte peuplade de Jumiéges. Or, sa sœur accueillant cette demande avec contentement de cœur, dit Guillaume de Jumiéges, pourvut aux frais du voyage, et envoya à son frère douze moines avec leur abbé, nommé Martin, tous pris dans le monastère de Saint-Cyprien. Le duc, comblé de joie par leur arrivée, les reçut à Rouen avec de grands témoignages d'allégresse, et leur rendant toutes sortes d'honneurs, entouré de plusieurs compagnies de chevaliers, il les conduisit à Jumiéges, livra à l'abbé ce lieu et toute la terre, qu'il racheta à prix d'or de ceux qui la possédaient en alleu, il s'engagea par un vœu à se faire moine en ce même lieu : il eût même accompli son vœu, si l'abbé n'eût résisté à son empressement, attendu que son fils Richard était encore trop jeune, et qu'il y avait à craindre qu'à raison de son extrême faiblesse, il ne fût expulsé de sa patrie par les entreprises de certains méchants. Cependant le duc trouva moyen d'enlever à l'abbé un capuchon et une étamine, les emporta avec lui, les enferma dans une cassette dont il portait toujours la clef sur lui.

De retour à Rouen, il appela auprès de lui tous les seigneurs normands et bretons, et leur exposa nettement la résolution de son cœur. Ceux-ci étonnés lui répondirent :

Seigneur, pourquoi nous abandonnez-vous si promptement ? A qui confierez-vous votre duché ? Guillaume leur dit : J'ai à moi un fils nommé Richard. Or, vous maintenant, je vous en supplie, si jamais vous avez eu quelque tendre affection pour moi, montrez-vous justes et reconnaissez-le en ma place comme votre souverain, car ce que j'ai promis à Dieu sera inévitablement réalisé.

Ne pouvant résister davantage à ses volontés, ils lui donnèrent leur consentement, quoiqu'avec peine, et demeurèrent d'accord de ce qu'il leur avait dit. Ayant ensuite envoyé des députés, le duc fit venir de Fécamp son jeune fils Richard et le leur présenta. Tous lui ayant prêté serment de fidélité avec empressement, il fut reconnu duc de tout le duché de Normandie et de Bretagne. Aussitôt après, son père l'envoya à Bayeux et le confia à Bothon, chef de ses troupes, pour être élevé par lui, afin qu'il apprît aussi la langue danoise, et qu'il fût en état de répondre en public à ses hommes, ainsi qu'aux étrangers.

FIN.

83.—Caen, imp. B. de Laporte.

www.ingramcontent.com/pod-product-compliance
Lightning Source LLC
Chambersburg PA
CBHW061613180626
46818CB00005B/2058